La lettre

Une histoire écrite par Véronique Massenot
illustrée par Aurélie Guillerey

1
Mauvais rêve

Debout dans le couloir de l'hôpital, le « grand spécialiste » me dit :

– Allez, Martin, sois courageux.

Je baisse les yeux, me retiens de pleurer... Papa soupire et passe une main maladroite dans mes cheveux.

– Il va falloir être patient, mon grand, murmure Maman.

– Et raisonnable. Ta santé en dépend, ajoute encore Papa.

Cette scène est gravée dans ma tête. Je la revois et la revis souvent...

« C'est l'histoire de quelques mois. »

« Plus tard, tu nous remercieras ! »

Voilà le genre de phrase que mes parents me répètent depuis onze semaines, cinq jours, trois heures et vingt minutes. Depuis ce maudit rendez-vous chez le docteur. Le « grand spécialiste de Paris », comme ils disent, pleins de majuscules dans la voix.

J'ai une maladie des os. Mes genoux ne sont pas solides : ils « s'effritent », partent en petits morceaux.

Pour que le traitement du « grand spécialiste » réussisse, je dois, pendant six mois, prendre tout un tas de médicaments dégoûtants et ne plus me déplacer autrement qu'en fauteuil roulant. Ensuite, j'aurai peut-être droit aux béquilles, pendant six mois encore, avant de pouvoir marcher de nouveau...

Ce soir, je suis découragé, impatient... et en colère ! J'en veux à la terre entière !

Pourquoi moi, et pas ma sœur ? Nous avons les mêmes parents, après tout ! Pourquoi ses os à elle sont-ils plus solides que les miens ? Jeanne, ça la gênerait moins que moi : elle passe son temps sur son lit, à lire et à rêver.

Tandis que moi, ce que j'aime, c'est courir avec mes copains, grimper aux arbres, faire de la gymnastique ! L'an dernier, j'ai même été champion de la région. Ma coupe est là, sur ma table de nuit...

Bien sûr, tout le monde est aux petits soins. Au début, ne plus aller en classe et me faire chouchouter ne me déplaisait pas. Et j'ai été gâté : mes parents m'ont offert le jeu vidéo dont je rêvais depuis si longtemps !

Monsieur Robin, le maître, fait en sorte que je puisse avoir les leçons et faire mes devoirs comme avant. Il passe tous les mercredis, et mes copains, Augustin, Jim et Violette, plusieurs fois par semaine.

Mais maintenant, toute cette gentillesse, ce dévouement pour le « pauvre Martin », ça m'énerve.

Est-ce que je vais vraiment guérir ? C'est la question qui revient toujours dans ma tête : je voudrais la poser sans cesse. À Papa, à Maman, à Jeanne, à monsieur Robin, aux copains, au « grand spécialiste ». Qu'ils me promettent que oui. Qu'ils me le jurent ! Sur leurs têtes !

Depuis onze semaines, cinq jours, trois heures et vingt minutes, je regarde mes copains courir et grimper aux arbres sans moi...

Alors, je me suis « promis-juré » que, plus tard, si je guéris vraiment, je partirai faire un très long voyage. En Chine. C'est mon rêve ! Comme Tintin dans *Le lotus bleu**.

Je rattraperai tout ce temps et tous ces pas perdus. Tous ces pas que je ne fais plus.

* *Le lotus bleu* : une des premières aventures de Tintin, de Hergé.

2
Une lettre mystérieuse

Ce matin, j'ai reçu une lettre. Je n'attendais rien de spécial. À part Mamie, personne ne m'écrit jamais. Et moi, je n'écris jamais à personne, à part à Mamie pour la remercier...

J'ai vu Maman remonter le chemin de terre, le courrier à la main. Sourcils froncés, elle tournait une enveloppe bleue dans tous les sens, essayant de lire à travers.

– Martin ! Courrier !

Maman a ouvert la porte de ma chambre – l'ancien petit salon où l'on a descendu mon lit et mon bureau – et m'a tendu l'enveloppe.

J'ai lu l'adresse, écrite en majuscules :

MARTIN GRIMAUD,

POSTE RESTANTE, PÉKIN (CHINE).

– Qu'est-ce que c'est « poste restante » ? ai-je demandé à ma mère.

Maman m'a expliqué :

– C'est un service qui permet aux voyageurs de recevoir du courrier n'importe où sur Terre. Pas besoin d'avoir une adresse, c'est la poste qui garde la lettre. Au bout d'un certain temps, si personne n'est venu la chercher, on la renvoie d'où elle vient.

Donc, quelqu'un m'avait écrit en Chine, et comme je n'y étais pas, la lettre était revenue ! Ici, chez moi ! Comment était-ce possible ?

– Retourne-la..., me suggéra Maman.

Au dos de l'enveloppe figurait mon adresse, la vraie, en France. Dessous, des caractères chinois avaient été tamponnés.

Maman a réfléchi à voix haute :

– Cela veut sûrement dire « courrier non réclamé » ou « retour à l'envoyeur »... Quelqu'un s'est amusé à t'écrire en Chine, tout en sachant que tu n'y étais pas. Mais, au lieu de mettre son adresse au dos, il a mis la tienne, pour que tu la reçoives.

Devinant que je n'ouvrirais pas mon courrier devant elle, Maman est retournée lire le sien dans la cuisine.

Je n'en croyais pas mes yeux : cette lettre était allée en Chine, m'avait attendu là-bas et, ne me voyant pas venir, me retrouvait ici, dans notre maison perdue dans les bois... Quelle histoire !

Curieux de voir qui avait eu cette drôle d'idée, j'ai ouvert l'enveloppe.

Le papier à lettres était bleu lui aussi. Voilà ce que j'y ai lu :

> Cher Martin,
> Sais-tu qu'à Pékin j'ai croisé ton rêve ?
> Il flâne autour des temples,
> tantôt à pied et tantôt à vélo,
> boit du thé vert,
> mange de délicieux gâteaux,
> joue au mah-jong* et t'attend sagement...
> Ne sois pas trop pressé.
> Les rêves aiment prendre leur temps
> avant d'être réalisés !

Comme signature, il y avait un signe chinois. Qui m'avait donc écrit cette lettre ?

* Mah-jong : jeu chinois qui ressemble un peu aux dominos.

3
Les suspects

Je l'ai relue plus de cent fois, cette lettre mystérieuse ! Qui a pu avoir une idée pareille ? Forcément quelqu'un qui me connaît bien, et à qui j'ai dit que je rêvais d'aller en Chine !

« Facile ! » ai-je pensé.

Et j'ai commencé par dresser la liste des suspects : mes parents, ma sœur, Jim, Augustin, Violette et monsieur Robin.

Mais je me suis vite rendu compte que ce ne serait pas si simple. Je suis tellement bavard que mon rêve, j'en ai parlé à tous les gens que je connais ! Et puis, eux-mêmes ont pu le raconter à d'autres.

Réfléchissons, réfléchissons...

La lettre est partie de France : le timbre en témoigne. Mais le tampon de la poste est presque effacé. Même avec la loupe dont Maman se sert pour broder, je ne peux lire que ce qui dépasse du timbre : « 17 h 30 » et « bureau principal ». Cela ne m'avance pas à grand-chose.

J'ai cherché à reconnaître l'écriture de la lettre. Sans succès non plus. De toute façon, une écriture, on peut la truquer ou demander à quelqu'un d'écrire à sa place.

Alors, j'ai choisi une autre tactique : j'observe les comportements de chacun. Je guette les réactions quand je parle de Chine ou de courrier. Léger haussement de sourcil ou raclement de gorge ? Indifférence ou intérêt trop grand ? Tout est bon pour me mettre sur la piste du coupable !

D'abord, j'écarte Maman. Vu la façon dont elle a cherché à lire à travers l'enveloppe, ça ne peut pas être elle.

Du coup, je disculpe aussi Papa. Il n'aurait pas fait ça tout seul, sans en parler à Maman.

Jeanne ? J'ai beau critiquer ma sœur, je suis obligé de le reconnaître : elle a toujours des idées surprenantes, amusantes, originales. Et celle-ci lui ressemble un peu. Pourtant, là encore, j'ai du mal à imaginer qu'elle ne se soit pas confiée à Maman...

Mes soupçons se portent donc en dehors de la maison ! Sur mes copains, bien sûr. Mais aussi sur mon maître, monsieur Robin...

D'ailleurs, j'ai ma petite idée pour le faire avouer !

4
Mise à l'épreuve

Ce matin, monsieur Robin est venu m'apporter les leçons de la semaine. C'était la première fois que je le revoyais depuis l'arrivée de la lettre. J'avais du mal à fixer mon attention sur les exercices qu'il m'expliquait. Il s'en est étonné :

– Dis donc, Martin, tu as la tête ailleurs ce matin !

J'ai dû faire un effort terrible pour ne pas lui répondre que c'était sans doute de sa faute à lui, si j'avais la tête en Chine...

Quand monsieur Robin s'est levé pour partir, j'ai jugé que le moment était venu, et je lui ai demandé s'il pouvait me rendre un « petit service personnel ».

Il a souri et sa moustache s'est mise de travers :

— Volontiers, Martin ! Que puis-je faire pour toi ? a-t-il bougonné de sa grosse voix.

— Une recherche dans un dictionnaire chinois, ai-je annoncé en guettant sa réaction.

Il a eu l'air sincèrement surpris.

— Ah bon ? Et que veux-tu savoir ?

J'avais recopié sur une feuille la « signature » de la lettre mystérieuse.

– Je voudrais savoir ce que ça veut dire.

Il a regardé le papier, l'a plié avec soin et l'a glissé entre deux pages de son agenda.

– Je vais essayer de te trouver ça… Peut-être qu'à la bibliothèque… Enfin, je te promets d'essayer !

Puis il m'a demandé si je préparais mon futur voyage. Le cœur battant, j'ai répondu que oui, en espérant qu'il me fasse un clin d'œil, un sourire complice… Rien. Soit il n'est pas l'auteur de la lettre, soit c'est un sacré comédien !

Ce n'est pas facile de mener une enquête quand on est cloué chez soi... Mais je ne lâche pas ! J'ai donc décidé de tendre un piège à Jim. J'ai appelé ça : « l'épreuve du thé vert ».

D'abord, il a fallu persuader Maman d'en acheter. Elle a deviné le lien avec la lettre mystérieuse, mais m'a quand même demandé :

– Du thé vert ? Tu crois que tu vas aimer ?

– Comment savoir sans goûter ? ai-je répondu, du tac au tac, en imitant sa voix quand elle essaie de me faire avaler du gratin de chou-fleur.

Le lendemain, Jim est venu me voir, après l'école. D'habitude, Maman nous prépare un chocolat chaud, un vrai, onctueux, avec de la mousse bien épaisse qui nous fait des moustaches… La tête de Jim quand je lui ai offert du thé ! C'est lui qui était vert !

– Du thé ? Euh, merci, c'est gentil, mais ma mère m'attend pour faire des courses…

Et il a filé…

Maintenant, je suis certain de deux choses : Jim n'est pas l'auteur de la lettre… et il pense que je deviens fou.

Ce n'est pas monsieur Robin. Ce n'est pas Jim... J'essaie d'imaginer celui qui pensait à moi en écrivant la lettre, en choisissant le papier bleu, les mots, les timbres... Mais aussi les employés de la poste, ici et en Chine.

J'imagine le voyage de la lettre, passant de main en main, de sac en sac, prenant le train, l'avion, arrivant à Pékin.

Comment est la poste, là-bas ? Sans doute immense, pleine de gens, d'odeurs et de bruits inconnus ! Y a-t-il, comme ici, des boîtes aux lettres au coin des rues ? Sont-elles jaunes ? Et les facteurs, comment sont-ils habillés ?

Un jour, je le saurai... Je le verrai !

Mais, pour l'instant, voilà ce que je sais : l'auteur de cette lettre voulait me faire plaisir. C'est forcément quelqu'un qui m'aime. Or, si mon enquête piétine, c'est parce que je soupçonne trop de monde. Et ça, ça veut dire que j'ai la chance d'être entouré de plein de gens qui m'aiment !

5
Printemps chinois

Aujourd'hui, j'ai appris que la signature de la lettre est un kanji* et qu'il signifie « rêve ». Monsieur Robin m'a laissé le livre dans lequel il a trouvé la réponse. J'ai plongé dedans ! Il y a des photos de Pékin. Aucune, hélas, de la poste. Mais beaucoup de la Cité interdite. Et de Shanghai, de la Grande Muraille, des rizières, de la mer...

* Kanji : mot chinois pour dire « idéogramme » ; l'alphabet chinois n'est pas fait de lettres, mais de signes qui représentent des idées.

On y parle aussi de la nourriture chinoise, des différentes sortes de thés, de nouilles, de viandes laquées, de sauces, de gâteaux, de beignets !

Et puis, j'ai découvert qu'en Chine chacun fait sa gym un peu n'importe où ! Dans les parcs, dans la rue... En attendant le bus, par exemple.

Aujourd'hui, on sent le printemps venir. Il ne reste dans le jardin que quelques taches blanches de neige durcie, çà et là. Quand Violette est arrivée, remontant d'un pas léger le chemin, j'ai cru voir une fleur éclore ! Elle avait mis son jean, le délavé, assorti à ses yeux. Et à la lettre mystérieuse ! Et si c'était Violette qui l'avait écrite ?

Maman était d'accord pour qu'on aille faire un tour, Violette et moi, jusqu'à la route. Sur les cailloux, pas facile de manœuvrer ce maudit fauteuil ! Mais, ensuite, sur le bitume en pente douce, j'ai pris de la vitesse, et c'était génial ! Violette me suivait en courant. Elle a dit que, la prochaine fois, elle viendrait en rollers !

Nous sommes restés un moment sous le chêne, là où le car nous prenait, avant, pour aller à l'école. J'ai raconté à Violette que, si nous étions chinois, nous ferions notre gymnastique ici, tous les matins.

Violette n'a pas changé d'attitude. Elle a juste dit :

– Chiche ! Pourquoi pas ? Dès que tu retournes à l'école, on s'y met tous les deux !

On a imaginé la scène, la tête du chauffeur et des copains dans le car ! On s'est mis à bouger les bras en rythme : et un, et deux, et trois ! On était morts de rire !

Le soir, mes parents m'ont annoncé qu'on retournait bientôt à Paris, voir le « grand spécialiste ». Après trois mois de fauteuil et de médicaments, il veut vérifier que le traitement fait son effet. On y va la veille de mon anniversaire ! Quand même, ils auraient pu trouver une autre date…

6
D'un rêve à l'autre

Je n'ai rien dit pendant tout le trajet. Papa et Maman parlaient de visiter la tour Eiffel, de faire un tour en bateau-mouche… Jeanne était enthousiaste. Moi, je ne pensais qu'à ce grand hôpital, à ses affreux couloirs, que je n'avais pas du tout envie de revoir.

C'est drôle, quand nous sommes entrés dans son bureau, le « grand spécialiste » m'a paru très différent de la première fois. Plus petit et moins effrayant. Je ne sais pas pourquoi.

Enfin, si. Je crois… Cette fois-ci, j'étais préparé. Mes parents aussi. Nous connaissions notre ennemie, ma maladie. Et nous savions comment nous battre contre elle.

D'ailleurs, la consultation s'est très bien passée.

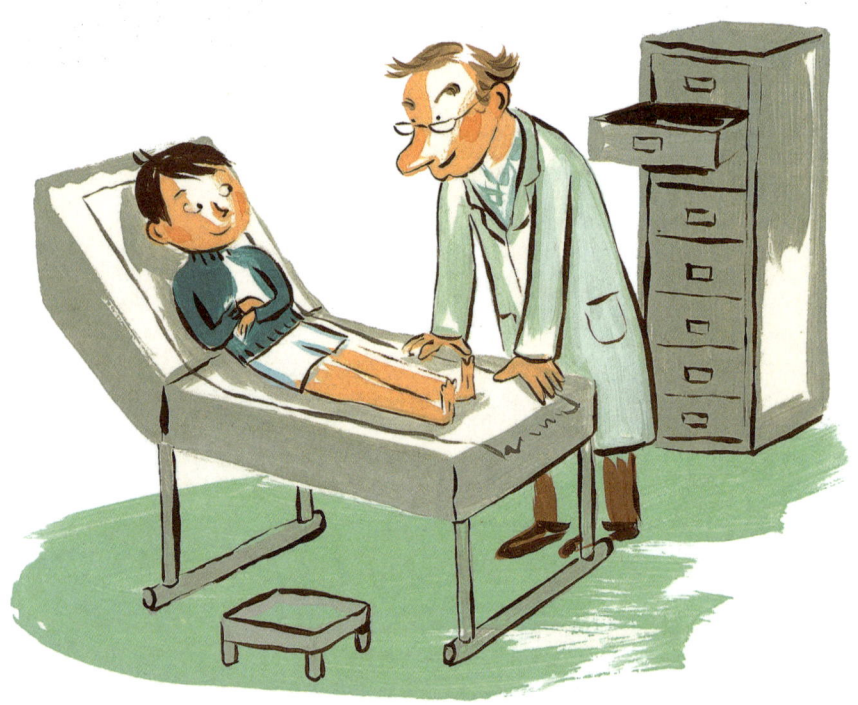

– Martin, je te félicite ! a déclaré le docteur. Les résultats sont plus qu'encourageants ! Ils prouvent que tu as bien pris tes médicaments et que, surtout, tu as su ménager tes genoux, en te déplaçant toujours en fauteuil. Tes parents me l'ont dit, tu as été patient et tu as suivi mes recommandations… à la lettre !

« À la lettre ? » ai-je aussitôt pensé.

Tiens, tiens… Bien sûr, c'est une expression. N'empêche, une petite lumière s'est allumée dans ma tête…

Le docteur a continué :

– À ce train-là, dans deux mois tu vas pouvoir passer aux béquilles, retourner à l'école et même avoir le droit d'aller à la piscine et de faire du vélo ! Tes jambes ne devront pas te porter, mais elles pourront nager et pédaler. Ça leur fera le plus grand bien ! À toi aussi, n'est-ce pas ?

– Waouh ! ai-je hurlé.

Si j'avais pu, je lui aurais sauté au cou !

Alors, le « grand spécialiste » s'est penché vers moi et m'a glissé à l'oreille :
— Deux mois, c'est long ?
J'ai dit que non, pas du tout. Plus du tout.
Et il a ajouté, l'air malicieux :
— Il ne faut jamais cesser de rêver, Martin… C'est la seule façon d'aller loin, n'est-ce pas ?

Au moment où il disait cela, j'ai aperçu sur son bureau un paquet d'enveloppes… bleues !
— Oui, très loin ! lui ai-je répondu, avec un grand sourire qui voulait dire : « Merci ! »

Ensuite, Papa, Maman et Jeanne m'ont emmené dans le « quartier chinois » de Paris. Les enseignes, les magasins, les gens… C'était génial, on se serait cru à Pékin !

Là, nous avons dîné dans un restaurant : « Le dragon impérial ». J'ai goûté des beignets de crevette cuits à la vapeur dans une petite boîte en bambou, du canard laqué, des nouilles sautées aux champignons noirs et des boules de soja parfumées à la banane : trop bon !

C'est au dessert qu'ils m'ont offert le plus beau des cadeaux d'anniversaire : un magnifique jeu de mah-jong !

Toute la famille a appris à jouer, les copains aussi ! Et moi, entre deux parties, je continue de rêver.

De mon futur voyage en Chine.

Et puis, peut-être, de devenir docteur, plus tard… « Martin Grimaud, grand spécialiste », ça sonne bien, non ?

Achevé d'imprimer en novembre 2008 par Pollina
85400 Luçon - N° Impression : L48552
Imprimé en France